눈사람 자살 사건

눈사람 자살 사건

최승호

달아실

책머리에

오랫동안 절판되었던 책 『황금털 사자』(해냄, 1997)를 다시 내게 되었다. 책 제목을 『눈사람 자살 사건』으로 새로 정하고, 작품도 부분적으로 수정하였다.

"나는 따뜻한 물에 녹고 싶다. 오랫동안 너무 춥게만 살지 않았는가."

표제작 「눈사람 자살 사건」은 우울하고 슬픈 작품이다. 그럼에도 어떤 독자는 세상에서 가장 따뜻한 시를 읽은 느낌이라 했고, 어떤 독자는 「눈사람 자살 사건」을 읽고 다시는 자살하지 않기로 했다는 긴 편지를 보내오기도 했다.

흔쾌히 출판을 허락해준 달아실출판사에 감사드린다.

그리고 감각적인 디자인으로 종이책의 아름다움을 새삼 느끼게 해준 박상순 시인에게도 감사의 마음을 전한다.

2019년 겨울날

최승호

차례

인생 연습

멋진 인생을 살기 위해 인생 연습을 하는 남자가 있었다. 그는 사랑을 연습했고 이별을 연습했으며 결혼을 연습했다. 연습을 하다 보니 그에겐 이미 아내와 자식 둘이 있었다. 모범 가장을 연습하기 위해 그는 술도 끊고 담배도 끊은 채 오로지 가정에만 충실한 적도 있었으며 가정 파탄을 연습하기 위해 외도와 도박과 술로써 방탕한 날들을 보내기도 했다. 폭력을 휘두르며 집을 부술 때면 아내와 아이들이 울었으나 그 슬픔과 공포 또한 감정 연습에 불과하다고 그는 생각했다.

결혼 생활을 몇 년 한 뒤에 그는 이제는 이혼을 연습할 때라고 생각했다. 하지만 이혼에 실패했다. 아내는 아이들의 교육을 생각해서 이혼을 원치 않았던 것이다. 그는 다른 여자와 결혼해서 이혼 연습을 해보려고 노력했으나 일부일처제에서는 법적으로 그것이 불가능했다.

이혼 연습이 잘 안 되자 그는 이번엔 살인 연습을 해보자는 생각에서 벌건 대낮 경찰서 앞을 지나가는 청년 하나를 칼로 찔러 그 자리에서 죽여버렸다. 그리고 감옥에 갔다. 거기서는 별로 더 연습해 볼 만한 인생이 없었다. 그는 감옥에서 고독을 연습했고 절망을 연습했으며 허무를 연습했다. 그러다가 인생 연습을 그만두고 이제는 세상으로 나가겠다고 간수들에게 말했으나 받아들여지지 않았다.

사형 집행일이 되었을 때 그는 중얼거렸다. “이제 나는 죽음을 연습한다. 죽은 다음에는 인생 연습을 끝내고 멋진 인생을 살아봐야지. 내 인생은 이제 시작이다.” 그러고 나서 그는 사라졌다.

거울의 분노

그 거울은 무심(無心)하지 못하였다. 날마다 더러워지는 세상을 자신으로 여긴 거울은 혐오감을 참지 못하고 분노의 힘으로 온몸을 산산조각 내버렸다. 일종의 자살이었다. 그러자 조각조각마다 보기 싫은 세상의 파편들이 또다시 비쳐오는 것이었다.

눈사람 자살 사건

그날 눈사람은 텅 빈 욕조에 누워 있었다. 뜨거운 물을 틀기 전에 그는 더 살아야 하는지 말아야 하는지 곰곰이 생각해 보았다. 더 살아야 할 이유가 없다는 것이 자살의 이유가 될 수는 없었으며 죽어야 할 이유가 없다는 것이 사는 이유 또한 될 수 없었다. 죽어야 할 이유도 없었고 더 살아야 할 이유도 없었다.

아무런 이유 없이 텅 빈 욕조에 혼자 누워 있을 때 뜨거운 물과 찬물 중에서 어떤 물을 틀어야 하는 것일까. 눈사람은 그 결과는 같은 것이라고 생각했다. 뜨거운 물에는 빨리 녹고 찬물에는 좀 천천히 녹겠지만 녹아 사라진다는 점에서는 다를 게 없었다.

나는 따뜻한 물에 녹고 싶다. 오랫동안 너무 춥게만 살지 않았는가. 눈사람은 온수를 틀고 자신의 몸이 점점 녹아 물이 되는 것을 지켜보다 잠이 들었다.

욕조에서는 무럭무럭 김이 피어올랐다.

개미

구덩이와 결혼한 개미가 있었다.
그는 구덩이를 아내로 맞아들인 다음부터 쉴 새 없이 일해야 했다. 이슬을 물어다가 구덩이의 목을 축여줘야 했고 먹을 것을 부지런히 물어 와서 구덩이의 배를 채워줘야 했다. 개미는 열심이었다. 태양 아래 뺄뺄 돌아다니느라 몸이 까맣게 탈 지경이었다. 해질녘이면 그는 지친 몸을 끌고 돌아와 구덩이 곁에서 잠이 들곤 하였다. 그러나 투덜거리는 소리 때문에 깊이 잠들 수가 없었다. 구덩이는 늘 투덜거렸다. 구덩이는 밑 빠진 구덩이여서 아무리 먹어도 배가 고팠던 것이다. 생각해 보시라. 밑 빠진 구덩이가 어떻게 만족을 느끼겠는가.
구덩이와 결혼한 지 얼마 안 되어 구덩이는 네 개의 구덩이를 낳았다. 모두 밑 빠진 구덩이들이었다. 애기 구덩이들이 입을 벌리고 있는 것을 보고 개미는 자신이 구덩이 가족의 가장이 되었으며 책임이 막중해졌다는 것을 알게 되었다. 그러고는 더 부지런히 뻘뻘뻘뻘 돌아다녔다. 큰 먹잇감을 물고 올 때마다 그의 이빨은 강해지곤 했다. 턱도 점점 튼튼해졌고 날마다 서둘러 걷다보니 걸음걸이도 뛰는 듯이 빨랐다.

먹이를 구덩이들에게 빨리 갖다줘야 한다는 강박관념 때문에 그는 굶기가 일쑤였다. 배가 항상 홀쭉했고 허리가 끊어질 듯 가늘었다. 그렇지만 개미는 자신의 고생스러움을 슬퍼할 겨를이 없었고 나올 눈물 한 방울 없었다.

딱딱한 개미의 눈알, 개미의 고독한 표정, 오늘도 개미는 구덩이를 위해 일을 한다.

개미는 작지만 힘이 세다.

비누로 만든 교회

비누로 만든 교회가 있었다. 사람들은 거기서 비누 거품을 일으키며 죄의 때를 씻을 수 있었고, 난장이처럼 키 작은 성자들은 기꺼이 남의 때를 밀어주면서 비누처럼 점점 녹아갔다. 교회는 갈수록 닳아 작아졌고 나중에는 죄와 함께 사라졌다.

교회를 돌로 지은 뒤부터는 죄의 때를 씻으러 가도 온몸이 쓰라리기만 했다. 키 큰 성직자들은 근엄했다. 그들은 돌의 교회에 석상들처럼 서 있었다. 갈수록 돌의 교회는 기암괴석들처럼 불어났고 나중에는 폐허가 된 공중목욕탕처럼 관광객들이 찾는 텅 빈 명소가 되었다.

후세 사람들이 말하였다.
비누로 만든 교회의 시절에는 성자들이 있었으나 돌의 교회에는 성직자들만이 있었다고.

흑암지옥

동굴처럼 캄캄한 흑암지옥에 잡귀들이 살고 있었다. 그들은 양쪽 눈가에 발광 기관을 갖고 있었다. 거기서 뿜어져 나오는 푸르스름한 빛으로 발밑을 겨우 밝히면서 뼈를 찾아 돌아다녔다. 먹을 거라곤 잡귀의 뼈밖에 없는 곳, 흑암지옥은 그랬다. 돌과 고요와 어둠이 있을 뿐, 아무것도 없었다.

잡귀 하나가 죽으면 서로 뼈를 뜯어먹으려고 잡귀들은 몰려들어 아귀다툼을 벌이곤 했다. 잡귀의 밥은 잡귀의 뼈, 희망은 뼈뿐이었다. 뱃가죽이 등에 달라붙는 배고픔 속에서 누가 죽는 게 한 가닥 즐거움이었다.

그들은 슬펐지만 절대로 울지 않았다. 눈물이 스며들면 발광 기관이 폭발해서 눈이 찢어진다는 것을 잘 알고 있었기 때문이다. 그것도 삶인지 잘 모르겠으나 잡귀들은 산 채로 썩으면서 악취를 풍겨댔다. 뼈만이 늘 먹을 만했지 다른 것은 냄새가 고약해서 먹어도 배탈이 나고 구토가 나고 설사가 났다.

만약 출구가 있었더라면 그들도 다른 곳으로 도망쳤을 것이다. 그러나 흑암지옥은 주둥이가 긴 유리병 모양으로 되어 있어서 위에서 새로운 잡귀들이 떨어지기만 했지 그 누구도 위로 올라갈 엄두를 내지 못했다. 마개가 막혀 있는 유리병 속의 곤충들처럼 그들은 갇힌 채 살다가 갇힌 채 죽었다.

눈사람의 방문

한밤중 문 두드리는 소리가 난다. 다올 씨는 그게 누구인지 안다. 눈사람이 또 온 것이다. 눈 내리는 밤이면 눈사람은 다올 씨를 방문한다. 그리고 이상한 질문을 한다. 그는 두 가지 질문을 하는 법이 없다. 꼭 한 가지만 묻는다. 그게 그의 예의인 듯하다. 그러면 다올 씨도 짧게 한마디로 대답한다. 그러고 나서 그들은 서로 인사를 하고 헤어진다.

오늘 대화는 이러했다.

"왜 나는 팔이 없나요?"

"나는 팔이 왜 있는지 모르겠어."

동냥

처음에는 세 발 달린 개를 끌고 동냥을 했다. 구걸하는 거지가 아니라 절뚝거리는 개가 불쌍해서 사람들은 동냥 그릇에 동전을 넣어주었다.

봄이 오자 두 발 달린 개를 끌고 동냥을 했다. 비참한 개, 어떤 소녀는 울면서 동냥 그릇에 동전을 넣어주었다.

여름이 되자 발 하나 달린 개를 끌면서 동냥을 했다. 비참할수록 동전이 수북하게 쌓였고, 가을이 오자 발이 없는 개를 끌면서 동냥을 했다.

다시 봄이 오자 애꾸눈에 발이 없는 개를 끌고 동냥을 했다. 여름이 오자 두 눈이 다 먼 개를 끌고 동냥을 했다. 가을이 되면서 붕대로 싸맨 개를 끌고 동냥을 하는데 한 아이가 물었다.

"아저씨, 그게 무슨 자루예요?"

거지가 대답했다.

"이건 개란다. 아주 불쌍한 개지. 다리도 하나 없고 눈도

다 멀었지만 밥은 먹는단다. 그러니 너도 동전을 보태렴."
아이가 거지의 뺨을 때렸다.

천국의 겨울

얼음 속에 온갖 꽃들이 피어 있었다.
시들지 않는 꽃들이었다.

얼음 속에 나비들이 앉아 있었다.
모두 움직이지 않는 나비였다.

얼음 속에서 창백하게 굳어버린 영혼들이 흐름을 멈춘
강을 바라보고 있었다.
얼음 속에 일곱 개의 보름달이 굳어 있었다.

변할 수 있는 것이라곤 아무것도 없었다.
늙을 수도 없었고 사라질 수도 없었다.
아무런 소리도 없었다.
고요했다.

"여기가 천국의 겨울입니다. 영원한 겨울이지요."
천국의 안내인이 영혼들에게 말했다.

"영원한 평화군요."
안개더미처럼 불투명한 한 영혼이 중얼거렸다.

"그렇습니다. 이곳엔 고통도 없고 싸움도 없으며 슬픔도 기쁨도 없습니다."

고슴도치 두 마리

고슴도치 두 마리가 가시를 상대방의 몸에 찌른 채 피투성이가 되어 함께 죽어 있었다. 그들은 서로 너무 사랑했던 모양이다.

마지막 개똥벌레

오염된 그 강가에 마침내 개똥벌레 한 마리만 살아남게 되었을 때, 당연한 말이지만 짝을 찾을 수가 없었다. 강가를 따라 내려가면서 풀숲을 훑어보고, 밤의 강을 건너 풀숲을 뒤지며 꽁무니의 불을 깜빡거려 보았지만 헛수고였다.
짝을 찾아 방황하던 어느 캄캄한 밤, 헛것을 보듯 개똥벌레는 강물 위에 빛나는 야광의 동족을 발견했다. 야광족(夜光族)의 결혼식장으로 달려가듯 그는 신부인 개똥벌레를 보자마자 끌어안았다. 신부는 환했으나 몸이 좀 미끄러웠다.

개똥벌레는 밤낚시꾼이 던진 야광찌를 끌어안고 있었다.

불면의 시대

밤 두 시쯤이었다. 냉장고에서 쿵탕거리는 소리가 들려 냉장고 문을 열어보니 눈을 뜬 고등어가 빤히 다올 씨를 내다보고 있었다.

"글을 쓰고 있는데 좀 조용히 굴어야지."

다올 씨가 나무라자 고등어가 대꾸했다.

"불이 너무 환해서 죽어도 잠이 안 오는 걸요."

도둑

황소를 훔친 도둑이 경찰서에 끌려와 말했다.
"저는 고삐를 하나 훔쳤을 뿐입니다. 고삐를 들고 오니까 소가 따라오더군요. 소까지 훔칠 생각은 없었는데 말입니다."
경찰서장이 웃으면서 말했다.
"우리도 자네 손을 잡아왔을 뿐이네. 손만 오지 자네는 왜 따라왔나. 우리는 자네를 형무소에 넣지 않겠네. 자네 손만 집어넣을 걸세."

콧구멍 없는 송아지

콧구멍 때문에 코뚜레가 씌워지고 고삐에 끌려다니다 도살장에서 죽는 걸 알아차린 암소가 자신의 운명을 자식에게 물려주고 싶지 않다는 간절한 염원 끝에 콧구멍 없는 송아지를 낳았다. 그 송아지는 낳자마자 입을 헤벌리고 숨 쉬면서 걸음을 걷기 시작했는데, 보는 사람마다

"어! 이 송아지는 콧구멍이 없네."

하면서 자신들의 콧구멍을 손으로 문득 만져보고는 하였다.

고수

한 검객이 제자들을 이끌고 고수(高手)를 찾아가 물었다.

"어떻게 칼을 써야 하는지 곧바로 보여주십시오."

고수가 말했다.

"나에게 칼을 주게."

검객이 예의바르게 칼날을 쥐고 칼자루를 고수에게 건네주자마자 고수는 검객의 목을 단칼에 잘라버렸다.

해탈한 구더기

똥구덩이에서 버둥거리던 구더기가 왕파리가 되었다. 날개 치며 최초로 날아가 앉은 곳에 황금빛 똥 덩어리가 있었다.

코뿔소의 선택

맹수가 되려면 날카로운 이빨과 억센 발톱을 지녀야 하고, 순한 짐승이 되려면 뿔을 가져야 한다.
뿔이냐 이빨이냐. 코뿔소가 아직 뿔이 없었던 시절에 고민을 참 많이 했다. 육식을 하려면 이빨을 키워야 했고 초식(草食)을 하려면 뿔을 세워야 했던 것이다.
풀이냐 고기냐. 뿔이 아직 없었던 시절에 코뿔소는 무엇을 먹고 살지에 대해 깊이 생각해 보았다. 그리고 판단이 잘 서지 않아 산속 스님의 생활과 골짜기에 사는 속인의 삶을 관찰해 보았다.
스님들은 비록 머리에 뿔은 없었으나 평화롭게 보였고, 속인들은 야수의 이빨은 없었으나 이해득실로 얽혀 늘 싸우는 것처럼 보였다.
코뿔소는 스님의 삶 쪽을 선택하기로 했다. 머리에 뿔 없은 다른 초식동물들과는 달리 고독의 상징처럼 코 위에 뿔을 세우기로 했다.

나중에 석가 노인이 코뿔소의 선택을 기뻐하며 제자들에게 말했다.

"무소의 뿔처럼 혼자서 가라."

H. Rousseau

초

정전으로 세상이 온통 캄캄해지자 사람들이 초를 찾기 시작했다. 그러나 구할 수가 없었다. 원시적인 조명 기구라고 초를 없애버린 지 오래되었기 때문이다.

구덩이

구덩이를 파고 그 안에 들어가 더 깊은 구덩이를 파면서 점점 깊은 구덩이로 내려가 나중에는 그게 구덩이인지 아닌지조차 모르고 구덩이 파기에 여념이 없는 사람이 있었다. 그 사람은 구덩이가 잘 안 파질 땐 신경질을 내며 투덜대기도 했으며 구덩이가 잘 파질 땐 즐거워서 콧노래를 부르기도 했는데, 구덩이를 파느라 세월 가는 것도 모르고 늙는 것도 모르다가 구덩이를 팔 힘이 없을 즈음에야 비로소 자신이 늙었다는 것을 알게 되었다.

구덩이 파는 일을 그만두고 그는 자신이 얼마나 깊은 구덩이를 팠는가를 보았다. 놀랍게도 구덩이에서 나가려면 또 한 생을 구덩이 메꾸기에 전념해야 할 정도로 파놓은 구덩이는 깊고 깊었다.

엄청난 구덩이 메우기 작업은 엄두도 못 낸 채 그는 조금 남아 있는 힘으로 자신의 무덤구덩이를 구덩이 한 구석에 파기 시작했다. 그리고 무덤구덩이 안에 누웠으나 구덩이를 메워줄 사람이 없었다. 할 수 없이 그는 주위의 흙을 긁어모아 자신의 몸을 엉성하게 덮은 채 죽음을 기다리다가 죽어버렸다. 구덩이 파는 사람의 일생이 끝난 것이다.

세월이 흐른 뒤에 낙타를 탄 관광객들이 구덩이를 구경하려고 몰려왔다. 사막 도처에 구덩이들이 널려 있었다. 어떤 구덩이는 얼마나 깊이 팠는지 까마득해서 현기증이 날 정도였다. 어떤 구덩이는 얕았다. 아마 구덩이를 파다가 일찍 죽은 사람의 구덩이인 듯했다. 그러나 그 어디에도 구덩이를 빠져나와 죽은 사람의 뼈는 보이지 않았다. 모두들 구덩이를 파다가 구덩이 안에 제 뼈를 파묻고 죽어간 것이다.

발 없는 새

홀로 자유롭게 먼 하늘 날기를 좋아하여 두 다리마저 날개로 변해버린, 네 날개 달린 새가 있었다. 그 새는 쉬고 싶을 때 네 날개를 편 채 바람을 품고 하늘에 빈 배처럼 떠 있곤 했는데, 문제는 목마름이었다. 공중에서 목을 축인다는 것은 쉬운 일이 아니었다. 밤이면 안개를 먹기도 하고 낮에 구름을 마시기도 했지만 목이 늘 말랐다. 그래서 그 새는 목마름이 없는 존재가 되기로 마음먹었다. 물속에서 살기로 한 것이다. 물고기, 그것이 발 없는 새의 화신(化身)이다. 보라! 물고기에 발이 있는지.

깨어진 항아리

금이 가도 불안하고 누가 흔들어대도 불안하고 뚜껑을 덮어버리면 답답해서 숨이 막히던 항아리가 한밤중 난데없이 떨어진 돌덩이에 얻어맞고 산산조각 깨져버렸다. 장독대에 모여 있던 항아리들이 깜짝 놀라 간장을 다 엎지르고 널브러져 있는 깨어진 항아리의 불행을 위로했다. 그러나 깨어진 항아리는 오히려 기쁨에 넘쳐 있는 듯했다.

"걱정들 말게. 나는 지금 시원하고 아무런 두려움도 없다네. 깨어져서 더 잃을 아무것도 없을 때 비로소 평화롭다는 걸 오늘에야 알았네. 이렇게 후련한 적이 없었지. 어느 하늘 어느 별에서 날아왔는지 모르지만 나는 이 돌덩이를 고맙게 여기고 있다네."

다른 항아리들이 그 말을 기이하게 여겼다.

인간 동물원

원숭이 가족이 휴일을 맞이해 인간 동물원에 놀러 갔다. 우리에 갇혀 있는 인간들을 보며 그들은 어린것들에게 이렇게 인간을 소개했다.
"이 인간들이 거만했던 시절에 우리 조상들의 두개골 뚜껑을 열어 뇌수를 파먹었다는 기록이 있단다. 산 채로 골을 파먹히면서 눈물을 뚝뚝 흘리는 우리네 조상님들의 사진도 있지. 잘 보아두거라. 이 털도 별로 없으면서 무시무시한 인간들을. 우리에서 뛰쳐나오면 이 인간이란 별종들은 못 하는 짓이 없단다. 조심해야 한다. 우리와 얼굴은 닮았지만 지능이 뛰어나서 한때는 지구의 모든 생물들을 멸종시킬 뻔한 주인공들이 바로 이 인간들이다."

망치뱀

대가리가 망치 모양인 뱀이 있었다. 그 뱀은 들쥐나 다람쥐를 잡을 때 독니를 사용하는 것은 물론이고 망치 같은 대가리로 두드려 패는 방법도 써먹었는데, 그 사냥 솜씨가 워낙 뛰어나 먹잇감을 놓치는 경우가 거의 없었다. 그 뱀은 교만하기 짝이 없었다. 다른 뱀들 앞에서 망치대가리 뱀은 우쭐대곤 하였다.

"이 못대가리 같은 뱀들아, 내가 콱 박기 전에 멀리 사라지는 것이 좋을 거야. 아니면 못 박히듯 그 자리에 꽂혀 죽어볼래?"

그러면 말이 떨어지기 무섭게 뱀들은 스르륵 풀숲으로 꼬리를 감추곤 하였다.

그러던 어느 날 이 교만한 뱀이 땅꾼을 만나게 되었다.

"참 희한하게 생긴 뱀이네."

땅꾼은 나무집게로 잽싸게 망치뱀의 목을 집어버렸다.

그러자 뱀은 대가리를 땅에 찧어대는 것이었다.

"어허! 이 뱀이 자살하려고 하네. 안 되지, 안 돼. 넌 죽으면 안 돼."

땅꾼은 뱀을 자루에 넣고 장터로 갔다.

"보시오. 여기, 자살하는 뱀을 내가 잡아왔소. 공짜니 실컷 구경하시기 바랍니다."

사람들이 몰려들었다. 뱀은 목이 끈에 묶인 채 망치 모양의 대가리를 땅바닥에다 쿵쿵 찧어대며 자신의 힘을 과시하고 있었다.

"저것 봐! 저 뱀이 자살하려 하고 있어."

사람들이 쑥덕거렸다.

"대못을 줘봐요, 대못을. 저 힘이면 충분히 박을 거요."

"저러다 대가리가 깨지겠소. 붕대나 걸레로 싸매서 머리가 터지지 않게 하시오."

"독니를 뺐습니까? 독니를 빼세요. 큰일나기 전에 그걸 제거해야 합니다."

“영물(靈物)인 것 같으니 절대로 뱀술로 담그지는 마시오.”
“징그러워라. 꿈틀대는 망치 같네.”
“한 마리만 잡았나 봐. 두 마리면 뱀 싸움을 볼 수 있을 텐데.”

결국 뱀은 독니가 빠진 채 머리에 붕대를 처매고 서커스단에 팔려가는 몸이 되었다. 그리하여 서커스단이 가는 곳마다 자살하는 망치뱀으로 불리면서 전무후무한 명성을 얻게 되었다.

이상한 물고기

늙은 낚시꾼이 건져 올린 그 물고기는 대가리가 둘이었다. 꼬리지느러미 대신 그 자리에도 대가리가 있었다. 주위의 낚시꾼들이 몰려들어 이상한 고기를 보며 수군거렸다.

“이 고기는 앞뒤에 기관차가 있는 기차처럼 움직였을 겁니다.”

“눈이 네 개 달린 고기는 처음 보네.”

“맞벌이 부부처럼 양쪽에서 먹어서 이렇게 통통하게 살찐 게 아닐까요.”

“방사능 물질에 오염됐나 봐.”

“누가 이거 회쳐 먹을 사람 있습니까?”

“볼수록 기이하군요.”

“대가리끼리 서로 잘났다고 싸웠으면 아마 몸통이 벌써 두 동강이 났을 겁니다. 용하네요. 우두머리 의식은 양쪽 대가리에 다 없었나 봅니다.”

"이놈은 방생합시다. 잡지 않았던 것만은 못하지만."
"그럽시다."

이상한 물고기를 물에 놓아주었다. 그러나 대가리가 둘인 물고기는 기우뚱하게 배를 뒤집으며 수면으로 떠오르는 것이었다.
"죽었네요."
"우리가 너무 말이 많았나 봅니다."

바다의 비밀

해안가로 나온 닭이 난생 처음 바다를 보았으나 바다가 뭔지 알 수 없었다. 때마침 모래톱으로 밀려온 조개를 보자 그는 뒤뚱거리며 얼른 뛰어갔다.

"바다의 비밀을 말해봐!"

닭이 조개를 쪼아대며 다그쳤다. 그러나 영문을 모르는 조개는 입을 다문 채 침묵할 수밖에 없었다.

"어서 바다의 비밀을 말하라니까."

닭이 다시 조개를 쪼아대며 고문했으나 조개는 끝내 묵묵부답이었다.

"이놈은 입을 열지 않는군."

닭은 다시 뒤뚱뒤뚱 해안가를 거닐다가 입이 벌어진 조개껍질을 보았다.

"바다의 비밀을 말해봐!"

쪼으려다 보니까 조개의 혀가 없었다. 다른 조개껍질들도 마찬가지였다. 텅 빈 채 모두 혀가 없었다.

닭이 혼자 바다를 바라보며 중얼거렸다.

"그것 참 이상하군. 입 벌린 놈들은 죄다 혀가 없고, 혀 있는 놈은 입을 꽉 다물고 있는 걸 보면 바다의 비밀이 엄청나긴 엄청난 모양이야."

네모 속의 비단잉어

수족관 안에서 오래도록 기른 비단잉어가 있었다. 수염이 은회색인 사랑스러운 잉어였는데, 주인이 아끼는 나머지 때마다 넉넉하게 잉어 밥을 줘서 비만증이 있었고, 배가 늘 부른 탓인지 잘 돌아다니지 않았다. 주인은 부유했고 비단잉어도 부유했다. 부족한 게 없었고 늘 안정되어 있었다. 싸움도 없었고 늘 평화로웠다. 비단잉어는 수족관에 혼자 살았던 것이다.

그러던 어느 날 갑자기 자비심이 발동해서 주인은 비단잉어를 차에 싣고 강으로 갔다.
방생(放生).
넓은 물에서 마음껏 헤엄쳐 다니며 살거라.
주인은 비단잉어 머리를 쓰다듬은 다음에 강물에 놓아주었다. 그러나 잉어는 가지 않았다. 주인을 향해 입을 뻐끔거리고 눈알을 굴리면서 강가를 맴돌 뿐이었다. 비단잉어는 아직도 수족관에 있는 것처럼 네모 안에서 헤엄쳤다. 나뭇가지로 물을 두드리며 쫓아도 깊은 곳으로 가기는커녕 먹이를 주는 줄 알고 지느러미를 저으며 주인에게 다가왔다.
다시 집으로 데려가야 하는지 놔둬야 하는지, 고민 끝에 굳게 마음을 먹고 주인은 혼자 집으로 갔다. 그리고 다음날 다시 강으로 와 보았다. 비단잉어가 네모 안에서 헤엄치며 밥을 달라고 입을 벌리고 있었다. 그 다음날에도 일주일 뒤에도 마찬가지였다. 누가 잡아가지 않는 게 다행이었다.
날이 갈수록 비단잉어가 수척해지자 주인은 측은한 생각이 들어 잉어 밥을 들고 강가에 나타나곤 했다.
"밥을 주기는 하지만 일주일에 한 번뿐이다. 다른 고기들처럼 너도 이제는 네 밥을 찾아 먹어야지."
일주일 뒤 주인이 다시 강으로 와 보니 비단잉어의 꼴이 말이 아니었다. 밥을 찾아 먹기는커녕 뿌려준 잉어 밥도 다른 고기들에게 빼앗긴 것 같았다. 앙상했다. 그리고 오래 굶은 탓인지 비늘에 윤기가 없었다. 은회색 수염도 칙칙한 회색으로 변해 있었다.
"이번 한 번만 더 밥을 준다. 다시는 안 준다. 너도 이제는 큰물로 나가서 짝을 찾아야지 이게 무슨 똥고집이냐. 네모 안에서 왜 안 나가는 거냐."

주인은 비단잉어의 핼쑥해진 모습에 가슴이 미어졌다. 차를 몰고 집으로 돌아오면서 다음번에도 그 자리에 있으면 아무래도 다시 수족관으로 데려와 늙어 죽을 때까지 기르는 수밖에 없다고 생각했다.
그리고 일주일 뒤에 강으로 내려가다가 뜨거운 자갈밭에 죽어 있는 비단잉어를 보았다. 눈알에 쉬파리들이 잔뜩 붙어 있었다. 아름답던 비늘이 낡은 비단 같았다. 주인이

탄식했다.

"이놈아, 깊은 데로 나아가 먹이를 찾아야지 밥을 달라고 자갈밭으로 나와서 나를 기다려서 어쩌겠다는 거냐."

낚시꾼을 끌고 간 물고기

낚시꾼이 밤낚시를 하고 있었다. 호수는 캄캄했다. 야광찌만이 파랗게 수면 위에 솟아 있었다. 입질이 없는 밤이었다. 손전등으로 낚시의 미끼를 비추어 보면 외바늘에 꿰어둔 지렁이가 뜯어먹힌 흔적도 없이 그대로 있었다.

"큰 고기가 올 때면 잔입질이 없다더니 오늘밤엔 얼마나 큰 고기가 잡히려고 이리 조용할까."

낚시꾼은 무료함 속에서도 언제 적막을 깨며 찌가 흔들릴지 몰라 찌를 계속 노려보았다. 그러나 무소식이었다. 고기들이 다 눈을 뜬 채 잠을 자는 밤 같았다.

최초로 찌에 입질이 온 것은 밤 한 시경이었다.
아주 작은 입질이었다. 큰 고기일수록 조심성이 많은 법이다. 작은 고기나 미끼를 덥석 물지 큰 고기는 먹이를 보아도 의심하고 경계를 하며 깔짝거려 본다. 그래서 찌의 눈금도 조금밖에 움직이지 않는다. 낚시꾼은 낚시에 관한 잡지를 보았기 때문에 그 정도 민물낚시에 관한 상식은 알고 있었다. 무슨 고기인지는 모르겠으나 낚싯바늘을 건드린 놈이 있다. 아마 지렁이에 입을 약간 댔다가 뗐을 것이다. 삼키지는 않고 지렁이에 입맞춤을 한 정도라고나 할까. 그런 생각을 하니 흥분되기 시작했다.

월척을 낚을지도 몰라. 붕어일까, 아니면 잉어일까.

기대 속에서 낚시꾼은 큼직한 쑥색 비늘 붕어와 금색 비늘 잉어를 떠올려 보았다. 설렘 탓인지 피가 서서히 끓어오르는 것 같았고 온몸의 혈관 속으로 큰 붕어와 잉어들이 돌아다니며 노래를 부르는 것 같았다. 생각만 해도 몸이 짜릿했고 어서 그 물고기를 건져 올릴 때의 팽팽하고 전율적인 손맛을 보고 싶었다.

두 번째 입질이 온 것은 삼십 분 정도 지난 후였다. 이번에도 찌는 눈에 뜨일 듯 말 듯 조금 움직였다. 그러고는 한동안 잠잠하더니 다시 보일 듯 말 듯 약간 움직였다. 영리한 고기가 온 모양이다. 정신을 바짝 차려야겠어. 낚시꾼은 한 순간의 기회를 놓치지 않으려고 낚싯대를 슬그머니 움켜쥔 채 야광찌를 눈이 뚫어져라 노려보았다. 그러나 이상하게도 낚싯대를 쥐면 입질이 끊어지는 느낌이었다. 낚시꾼은 중얼거렸다. 아주 영리한 고기가 온 모양이야.

한동안 뚝 끊어졌던 입질이 다시 온 것은 밤 두 시경이었다. 이번의 입질은 전보다 활발했다. 분명 먹을 생각이 있는 고기가 온 듯했다. 찌는 야광의 눈을 깜빡거리듯이 움직였다. 그러나 낚시를 잡아챌 만큼 깊이 들어가지 않았다. 세 번째 입질은 그러다가 끝이 났다. 낚시꾼은 낚시를 들어보았다. 어떤 물고기인지 모르지만 지렁이를 감쪽같이 빼먹었다. 텅 빈 낚싯바늘엔 지렁이 살점 하나 남아있지 않았다. 교묘하게 지렁이를 꿰어놓았는데 교묘하게 빼먹었다.

다시 지렁이를 정성스레 낚싯바늘에 매달아 던져놓고 고기들이 발소리에 놀라 달아나지 않도록 낚시꾼은 고양이 걸음으로 살금살금 참았던 오줌을 누러 갔다. 지렁이를 만지작거렸던 손으로 오줌을 눈다는 게 좀 찜찜했다. 그는 오줌을 누면서도 혹시 그 새에 찌가 크게 흔들릴까봐 고개를 돌린 채 찌를 보고 있었다. 소변이 끝날 참이었다. 찌가 몇 번 올라왔다 내려갔다 하더니 쑥 들어가서 보이지 않았다. 지퍼 올릴 새도 없었다. 그는 전속력으로 뛰어갔다.

낚싯대를 잡아채려고 보니까 낚싯대가 없었다. 야광찌가 밤의 캄캄한 호수에 한 가닥 파란 선을 그으면서 호수 안쪽으로 달려가고 있었고, 낚싯대도 따라서 끌려가고 있었다. 얼마나 큰 놈이길래 낚싯대를 통째로 끌고 달아나는 것일까. 낚시꾼의 흥분이 극에 달해 있었다. 이렇게 놓칠 수는 없다!
그는 옷을 입은 채 부랴부랴 낚싯대를 잡으려고 물속으로 첨벙첨벙 뛰기 시작했다. 그러고는 이내 깊은 호수 한복판에서 허우적거렸다.

물고기들이 뜯어먹은 익사체가 발견된 것은 보름 뒤의 일이다.

쓸개 빠진 곰

지리산 숲속에 숨어 사는 반달가슴곰 어미가 재롱둥이 새끼들을 모아놓고 말하였다.

“너희들은 아직 어려서 잘 모르겠지만 밀렵꾼들이 우리 뒤를 쫓고 있단다. 이 어미가 미련하지만 뒤늦게 깨달았다. 쓸개가 화근이다. 얘들아, 쓸개 빠진 곰이 되는 것만이 우리가 살길이다. 어서 쓸개들을 꺼내놓아라. 어서! 시간이 없다.”

북어대가리

오랫동안 죽음에 사로잡혔던 다올 씨가 동네 구멍가게에 소주를 사러 갔을 때 그는 안주거리로 괜찮을 듯싶은 큰 북어 한 마리를 보았고 그걸 사서 집으로 들고 왔다.
식탁에 놓고 보니 북어는 애꾸눈이었다. 한쪽 눈알을 누가 빼 먹었는지 눈구멍이 움푹했고 그 안에 먼지가 수북했으며 꼬챙이로 찔렀던 대가리 양쪽에 작은 구멍이 뚫려 있었다.
북어를 뜯어 고추장에 찍어 먹으며 그는 혼자 술을 마시다 잠들었다. 잠들자마자 꿈속에 북어가 나타나 찢어질 듯이 벌어진 입으로 고함을 질러댔다. "너도 북어대가리, 나도 북어대가리다. 네가 나를 찢어먹을 수 있는 거냐!"
소스라쳐 잠에서 깨어보니 밤 한 시 오 분이었다.

황금털 사자

암고양이가 황금털 수사자에 반한 것은 늠름한 자태 때문이었다. 황금털 수사자에게는 기백이 있었고 기품이 있었다. 그는 결코 가볍게 처신하지 않았으며 걸을 때면 앞발로 대지를 누르듯이 당당하고 느긋하게 걸었다.

게으름조차 그에게선 멋을 풍겨댔다. 황금털 수사자가 하품하는 모습은 하늘을 삼켰다가 토하는 것 같았고 벌렁 드러누워 낮잠에 빠진 모습은 천하의 일을 다 한바탕 꿈으로 여기고 내버려둔 채 홀로 태평스러운 듯하였다.

고독한 수사자에게 어느 날 암고양이가 교태를 부리며 사랑을 고백하였으나 황금털 수사자는 거들떠보지도 않았다. 그는 도도했고 그럴수록 암고양이는 그의 풍모에 매혹되었다.

"참 귀여운 암컷이로다."

시간이 지나면서 수사자는 암고양이의 아름다움을 발견하였다. 그것은 자신에게는 없는 가벼움의 아름다움이었다. 친근해진 뒤에 황금털 수사자는 암고양이에게도 발톱이 있다는 것을 알게 되었다.

격이 없어지자 암고양이는 사자의 수염을 뽑기도 하고 머리 위에 올라가 장난을 치며 황금털 갈기를 꽈배기처럼 땋아 예쁜 사자를 만들어 보려는 무모한 짓도 서슴지 않았다.

"착하기만 하다간 내가 쥐 꼴이 되겠구나."

황금털 수사자는 더 이상 암고양이의 가벼운 행동들을 참을 수가 없었다. 수사자가 한 번 크게 포효하자 벼락에 뇌가 찢어진 듯 암고양이가 비틀거리며 멀리 달아났다.

개미귀신

난 귀신이 아니오. 명주잠자리의 유충일 따름이오. 내 몸 길이가 1센티미터인데, 1센티미터짜리 귀신 봤소? 왜들 나를 개미귀신이라고 부르는 거요?. 문자의 횡포를 버리시오. 비록 내 모습이 흉측하나 나도 아름답고 맑은 날을 꿈꾸는 한 존재요. 미물이지만 나에게도 배고픔이 있고 기다림이 있소. 개미, 앙상한 밥알만 한 개미가 내 밥이오. 개미 한 마리 잡아먹기가 얼마나 힘든지 아시오? 모래 구덩이를 파놓고 며칠을 기다려야 겨우 개미 한 마리가 걸려듭니다. 개미지옥, 내 식탁을 개미지옥이라고 부르지 마시오. 당신들은 당신들 식탁을 지옥이라고 부르지 않으면서 왜 내 식탁만 지옥이라고 하는 거요. 문자의 횡포를 버리시오. 나를 있는 그대로 이름 없이 보아주시오. 명주잠자리가 되면 나도 짝을 찾아 사랑이라는 걸 해보고 싶소. 하늘을 실컷 날아볼 거요. 그리고 난 죽겠지. 내가 죽은 뒤에 내 새끼들을 개미귀신이라고 부르는 건

좀 슬프오. 말이 많았나 보오. 미안하오. 난 귀신이 아니오. 당신을 해칠 생각이 없으니 당신도 나를 해치지 마시오. 우리 평화롭게 삽시다. 인간 양반!

심판

처형장으로 끌려가는 눈사람을 구경하려고 사람들이 구름떼처럼 모여들었다. 개중에는 나무십자가를 짊어진 채 비틀거리는 눈사람에게 돌멩이를 던지거나 침을 뱉으며 욕설을 퍼붓는 자들이 있었는데 그들은 모두 기독교인들이었다.

"저 눈사람은 자신의 창조주가 어린이라고 주장했다는군요. 어린이가 바로 하나님이며 다른 신은 없다는 거죠."

"기독교인들이 화를 낼 만도 하군요."

"결국 신성 모독죄로 판결이 난 겁니까?"

"사형감이죠."

"순교로써 눈사람 성인(聖人)이 하나 나타나게 되겠군요."

"그런데 제자가 없다지요, 아마."

"종교가 되기는 틀렸네요. 제자들이 있어야 신비화시키고 우상화시킬 수 있을 텐데 말입니다."

"교회도 없겠네요. 눈사람을 기념하는 교회를 누가 짓겠습니까."

"처형은 망나니들이 하나요?"

"칼로는 잘 안 죽을 것 같아서 화형을 시킨답니다."

"김이 나겠군요."

"부활할지도 모르죠."

"부활한 다음엔 어떻게 되는 건가요?"

"눈이 올 겁니다."

"재림(再臨)이 이루어지는 것이군요."

"눈사람의 재림으로서 눈이 내리는 거죠."

"생각만 해도 아름답군요. 재림이라는 말만 들어도 무시무시했는데."

"자, 처형장까지 따라가 봅시다."

"그럽시다. 불 속에서 눈사람이 웃는 모습을 지켜봐야죠."

생명

늙은 원숭이가 생명보험에 들려고 생명보험회사를 찾아갔다. 담당 직원이 화를 냈다.

“아니 죽을 때가 다 되었는데 무슨 생명보험입니까. 당신은 나무를 건너뛰다 죽을 수도 있고 잠을 자다 나무에서 떨어져 죽을 수도 있는 겁니다. 또 바나나를 먹다 체해서 죽을 수도 있고 굶어 죽을 수도 있죠. 일찍 죽을 가능성이 큽니다. 그런데 뻔뻔스럽게 생명보험이라뇨. 생명보험회사를 무슨 장의사로 여기시는 겁니까.”

늙은 원숭이가 꼬리를 축 늘어뜨리고 쫓겨나듯 길거리로 나와서 바나나를 우물우물 먹고 있었다.

오, 징그러운 고기

하루는 늙은 어부가 고기를 잡았는데 입 둘레에 다섯 쌍의 발이 달려 흐느적거렸고 꼬리는 세모꼴이었다. 눈알이 어디 있는지 살펴보는데 먹물을 찍 토해내는 것이 해괴하기 짝이 없었다. 처음 보는 그 고기는 비늘도 없이 번들대는 것이 마치 외계인들이 바다에 숨겨놓은 것처럼 엉뚱하게 생겨먹은 데다가 발이 꿈틀대는 모양이 징그러워서 손으로 만지기조차 싫었다.

바닷가 마을 사람들이 이상한 고기가 잡혔다는 소식을 듣고 우르르 몰려왔을 때 늙은 어부는 이 이물스러운 물고기를 뭐라고 불러야 할지 난감해하였다.

"이게 대체 무슨 고기요?"

사람들이 눈이 뚱그래져서 물었을 때 늙은 어부는 얼결에 그만 이렇게 대답하고 말았다.

"오, 이 징그러운 고기 말이오? 오징어! 그렇소. 이제 막 생각났소. 이 고기는 오징어라는 고긴데 아마도 외계인이 던진 물고기인 듯하오. 그러니까 다른 별에서 온 물고기란 말이오. 잘들 봐두시구려. 그랬다가 다음 생에 다른 별에 태어나 이 고기를 만나거든 오징어라고 부르시오. 오징어."

불로장생

스포츠 신문에 불로장생(不老長生)의 비결을 연재하던 삼백 살 먹은 푸른바다거북이 연재 중에 교통사고로 사망하는 어처구니없는 일이 벌어졌다. 걸음걸이가 느려 길을 건너다 깔려 죽은 모양이었다. 쯧쯧! 독자들이 혀를 차며 그 푸른바다거북의 요절 객사를 측은해했다.

“한창 청춘인데 돌아가셨네요. 바다에서 나오지 않았으면 신선(神仙) 팽조(彭祖)처럼 팔백 살은 넉넉히 사셨을 텐데 말입니다.”

요강

요강으로 불리는 자아가 있었다. 아주 딴딴해서 부처님도 깰 수 없는 자아였다. 누가 비난을 하거나 충고를 하면 요강은 펄펄 뛰었고 상대방에게 오줌을 끼얹곤 했다. 모욕을 받으면 "똥이나 먹어, 넌 똥이나 먹어." 하면서 똥을 뿌려대는 바람에 감히 그 누구도 요강에게 싫은 소리를 할 수 없었다.

"난 아름다운 요강이야."

요강으로 불리는 자아가 있었다. 놋쇠로 되어 있어서 금강경도 깰 수 없는 자아였다. 불변의 자아가 있었다. 욕심은 많아서 천당 극락이 다 그 요강 안에 있었고 내세(來世)가 똥 속에 있었다.

"난 죽지 않는 요강이야."

요강이 있었다. 요강들이 모여 부딪칠 때마다 쨍 소리를 내면서 오물을 퍼담는 세상이 있었다. 오줌이든 똥이든 퍼담을 수 있는 것이면 뭐든지 다!

놀림

참새들로부터 바보라고 놀림을 받는 허수아비가 있었다. 숱한 짹짹거림과 수많은 참새 똥을 참다 참다 참지 못한 허수아비가 분노의 비등점에 이르자 참새의 뺨을 나무 손바닥으로 갈겨버렸다. 짹! 참새의 외마디소리가 천둥소리 같았는지 참새들이 멀리 달아나 한동안 쥐죽은듯 잠잠했다.

빠른 시계들

처음에는 한 시계가 빨리 갔다. 좀 튀어보려는 시계였을 것이다. 그 뒤로 몇몇 시계들이 빨리 갔고, 자기 신뢰가 부족한 시계들이 모두 빨리 가는 사태가 벌어졌다. 느리게 가던 시계마저 빨리 갔다. 뻐꾸기시계의 뻐꾸기는 어찌된 영문인지도 모르는 채 다급하게 울어댔고, 추는 헐레벌떡 왕복 운동을 했다.

“자네들, 어디로 그렇게 빨리 가는가? 설마 나 빨리 죽으라고 재촉하는 건 아니겠지.”

시계점 노인이 한 시계의 추를 붙잡으며 말했다.

그 순간 난데없이 시계점을 덮치는 덤프트럭, 바닥에 미친 눈알들처럼 나뒹구는 시계들.

편지

어느 흐린 날 다올 씨는 굴뚝새가 물고 온 까마귀의 편지를 읽어보았다.

“며칠 전 우리 까마귀들이 공동묘지에 갔을 때 난데없이 원숭이들의 무리가 길길이 날뛰면서 돌멩이를 던지는 것이었습니다. 이해할 수 없는 일이었죠. 용케 저는 돌을 피했지만 몇몇 벗들이 돌에 머리를 맞고 떨어졌습니다. 더 이해할 수 없는 일은 원숭이들이 나의 벗들을 서로 먹으려고 아귀다툼을 벌였다는 점입니다. 언제부터 원숭이들이 우리를 먹이로 생각했는지, 왜들 그러는지 궁금해서 이렇게 급히 엽서를 띄웁니다. 답장 바랍니다. 가악 가악, 안녕, 우리 다올 님.”

다올 씨는 편지를 읽고 우울했다.
아마 사실을 밝히면 까마귀들은 이 마을을 떠날 것이다.

그러나 진실을 은폐할 수는 없었다. 다올 씨는 까마귀들에게 편지를 쓰기 시작했다.

"내 무덤의 형제 까마귀여, 나는 눈물을 흘리면서 이 편지를 씁니다. 언제부터인가 원숭이들 사이에 까마귀가 정력에 좋다는 소문이 퍼진 모양입니다. 미친 원숭이들이죠. 그러니 어서 떠나도록 하세요. 서두르세요. 가악 가악, 안녕, 그리운 나의 형제들이여."

왕도

무리를 이루면 힘이 세다는 것을 안 들개 중의 하나가 조직력을 이용해 들개 우두머리가 되었고, 들개 떼는 그 들개의 왕초를 밀어주면서 들개의 단합된 힘을 과시했다.

마찬가지로 무리를 이루면 힘이 세다는 것을 안 하이에나 중의 하나가 조직력을 이용해 하이에나 우두머리가 되었고, 하이에나 떼는 그 하이에나의 왕초를 밀어주면서 하이에나의 단합된 힘을 과시했다.

그들이 패거리를 이루면 무서울 것이 없었다.
얼룩말, 물소, 영양은 물론 사자, 표범 같은 맹수까지 공격할 힘을 갖고 있었다. 그러나 들개의 우두머리와 하이에나의 우두머리는 사냥을 하는 일이 없었다. 그들은 조직을 관리하고 패거리 의식을 조장하면서 사냥감을 포식할 뿐이었다.

어느 날 황금털 갈기 윤나는 젊은 사자들이 이 들개와 하이에나의 왕초를 물어 죽이는 것이 동물 세계의 어지러워진 왕도(王道)를 다시 세우는 길이라고 생각하고 실천에 옮겨 들개와 하이에나 우두머리의 시체를 입에 물고 초원을 하루 종일 돌아다녔다.

흉

산양의 시체에서 염통, 간, 창자, 살코기를 배불리 먹은 독수리들의 대머리가 하나같이 피와 똥으로 범벅이 되어 있었다. 다시 말하자면 그들은 대머리에 피와 똥을 뒤집어쓰고 있었던 것이다. 서로 더럽혀진 머리들을 보면서 독수리들은

"어이, 자네 대머리에 똥이 묻었네."

"자네 대머리는 피투성인걸."

하면서 키들키들 웃고 있었고, 뭐가 그리 우스운지 모둠발로 겅중겅중 뛰고 있었다.

발이 큰 올빼미

쥐를 먹고 자라난 올빼미 사형제가 있었다. 날개들이 자라나면서 하나씩 나는 법을 자연스럽게 터득했는데 유독 발 하나가 큰 올빼미만이 날지 못하고 허구한 날 나무 위에 앉아 있었다. 어미 올빼미는 답답했다. 큰 발 하나로 나뭇가지를 꽉 움켜쥔 채 날아보려고 날개를 칠 때마다 새끼 올빼미에게

"발을 떼. 움켜쥔 걸 놓아야 날지."

라고 수백 번 말했으나 무슨 왕발의 고집인지 끝내 놓지 않았던 것이다.

스스로 알아서 쥐를 사냥해야 할 나이임에도 불구하고 발이 큰 올빼미는 빈둥거리며 어미가 물어 오는 쥐를 기다리고 있었다.

"배가 고프면 스스로 날겠지."

궁리 끝에 어미 올빼미는 둥지가 있던 나무를 떠나기로 마음먹고 산 너머 다른 숲으로 날아갔다.

보름쯤 뒤에 어미 올빼미는 새끼 올빼미가 어찌 되었나 궁금해서 돌아왔다. 그때까지도 큰 발로 나뭇가지를 움켜쥐고 올빼미는 나무에 거꾸로 매달린 채 굶어 죽어 있었다. 거대한 박쥐의 박제처럼 뻣뻣하게.

벌목

아름드리나무 위에 둥지를 짓고 새끼를 기르던 때까치가 개구리를 물고 날아와 보니 아무것도 없었다. 나무도 둥지도 새끼도 숲도 없었다.
"아니, 지구가 어디로 갔지?"
당황한 때까치의 부리에서 죽은 개구리가 떨어졌다.

들장미

들길을 걷다가 다올 씨는 조그만 팻말을 보았다. 거기에는 이렇게 씌어 있었다.

〈들길을 가다가 들장미를 보거든 잠시 걸음을 멈추시기 바랍니다.〉

그러나 아무리 걸어도 들장미 한 송이 보이지 않았다. 다음날도 그 다음날도 들길을 걸어 보았으나 들장미는 없었다. 다올 씨의 의문은 날이 갈수록 커져만 갔다.

"들장미가 없는데 들장미를 보거든 잠시 걸음을 멈추라니! 이 무슨 말이란 말인가."

오늘도 들길을 걷는 다올 씨의 생각은 온통 들장미뿐이다. 어찌나 오래 깊이 오직 들장미만 생각했는지 그의 온몸에서는 들장미의 향기가 풍겨 나온다.

누에

누에고치 속에 든 번데기들이 나비 될 때를 기다리며 저마다 나비 꿈을 꾸고 있을 때, 그 꿈꾸는 곳이 제사공장(製絲工場)이라는 것을 알고 있는 누에 한 마리 없었다. 제사공(製絲工)은 누에고치들을 한꺼번에 끓는 물에 쏟아부었다.

"앗, 뜨거워!"

나비 꿈을 꾸다 통째로 삶아진 누에들의 마지막 외침은 그것이었다.

안개

안개라고는 본 적이 없는 원숭이의 우두머리가 원숭이 무리를 모아놓고 말했다.
“내가 어제 우연히 사람들의 말을 엿듣다가 안개라는 무서운 개가 있다는 걸 알게 되었다. 안개는 보통 개가 아니다. 그 개는 물에서 나와 하늘을 달리는데 머리와 꼬리가 어디 있는지 알 수 없을 정도로 몸집이 크다. 게다가 뿌연 김을 내뿜어 아무것도 볼 수 없게 만든 다음 원숭이들을 잡아먹는다고 한다. 너희들 중에서 나에게 대드는 놈을 나는 그 무시무시한 개 먹이로 던져줄 것이다. 조심들 하라. 그리고 내가 우두머리라는 걸 잊지 마라.”
겁에 질린 원숭이들이 복종의 표시로 우두머리에게 거수경례를 했다.

꿈

허공이 꿈을 꾸고 있었다. 온 우주가 그의 꿈속에 있었다. 별들도 꿈을 꾸고 있었고 사람도 짐승도 곤충도 저마다 꿈을 꾸고 있었다.
허공이 꿈에서 깨어나자 아무것도 없었다. 온 우주가 텅 비어 고요하기만 했다.

"이 경지는 나 홀로 적막하구나."

허공은 텅 빈 고요에 머물기 싫어서 다시 꿈을 꾸기 시작했다. 그러고는 어지럽게 펼쳐지는 꿈을 다시금 영화 보듯 구경하는 것이었다.

가면을 쓴 늙은이

그의 얼굴은 가면뿐이다. 가면을 벗겨도 가면 뒤에 또 가면이 있고, 그 가면 뒤에 또 가면이 있다. 양파 껍질 같은 가면,
얼굴은 없다.

흑국의 슬픔

초가 가는 곳마다 빛이 있었다. 흑국(黑國) 사람들은 초를 성스럽게 예우했으나 자신이 초가 되려고는 하지 않았다. 왜냐하면 초는 빛을 뿜었으나 자비심 때문인지 눈물을 흘리며 늘 우는 것 같았고, 헌신적으로 녹아 일그러지는 모습이 두려움을 불러일으켰기 때문이다. 그리하여 초가 죽은 뒤에도 초를 흉내내는 사람 하나 없었다.

흑국이 다시 어두워지자 이번에는 흑귀자(黑鬼子)라는 흡혈박쥐가 나타나 흑국 사람들을 통치하며 피를 빨기 시작했다. 그러나 초가 없었기 때문에 아무것도 볼 수 없었고, 흑귀자의 무리가 얼마나 불어났는지, 누가 흑귀자의 무리에 피를 빨리다 죽었는지, 뭐가 뭔지, 그게 사실인지 아닌지, 횡설수설하는 무성한 소문 속에서 흑국 사람들이 자신도 모르게 흑귀자의 배를 피로 채워주고 있었던 것이 바로 흑국의 기나긴 슬픔이다.

혀

원숭이 나라에 몽구스라는 이름을 가진 신이 있는데 원숭이의 왕이 백성들에게 한 약속과 다른 말을 할 때마다 혀가 갈라지는 형벌을 내리곤 했다. 그리하여 약속을 얼마나 안 지켰는지 왕에 오른 지 채 일 년도 못 되어서 원숭이의 왕이 연설을 할 때마다 갈래갈래 찢어진 혓바닥이 입에서 나와 턱 밑으로 늘어졌고 백성들은 불길한 징조로 여기며 그 혀가 꿈틀거리는 것을 지켜보았는데 그 너절하게 갈라진 혀의 모양이 낙지 발과 흡사하여 원숭이의 왕에게 낙지왕이라는 별명이 따라붙게 되었다.

새우의 힘

어느 날 신문을 읽다가 다올 씨는 안경알에 새우 떼가 달라붙는 듯한 기이한 느낌을 받았다. 새우 떼에 대한 기사 때문이었다.

“한밤중 몰려든 새우 떼로 원자력발전소 가동 중단.”

자정이 좀 지난 시각이었다. 5백여 명의 직원들이 스피커를 통해 전해진 비상 소식을 듣고 뛰어나왔다. 직원들은 갈고리와 막대기 등으로 길이 30미터, 높이 5미터의 취수구 입구 바다생물차단막에 달라붙은 새우 떼를 긁어내고 배를 동원해 취수구 주변 바다에 떠오른 죽은 새우들을 건져냈다.

그러나 사람 5백 명이 새우 떼를 이기지 못했다. 길이 1~2센티미터 가량의 작은 새우들이었지만 워낙 숫자가

많다보니 취수구 앞부분에 설치된 여과장치에 달라붙어 물 흐름을 막았고, 결국 냉각수를 끌어올리지 못해 원전 1, 2호기의 가동이 모두 중단된 것이다.
기사를 읽고 나서 다올 씨는 안경알을 닦았다.

"새우들아, 나도 새우란다."

그는 새우들에게 속삭였다. 그리고 새우 눈알처럼 튀어나온 안경을 코에 걸치고
"새우들이 다음에는 고래도 물리칠 거야"
하면서 다시 신문을 읽기 시작했다.

독사와 돼지

독이 있어 누구와 싸워도 자신만만한 독사 한 마리가 돼지를 만났으나 피하지 않았다. 피하기는커녕 머리를 빳빳이 들고 돼지를 물어 죽일 듯이 혀를 날름대며 노려보았다. 우둔해 보이는 돼지 역시 독사를 피하기는커녕 먹을 걸 제대로 보았다는 듯 꿀꿀거렸다. 마침내 독사는 돼지 코를 물었고 돼지는 뱀 대가리를 물었다. 큰 지렁이를 씹듯이 돼지는 꾸불텅거리는 독사를 쩝쩝대며 먹고 있었다. 비곗덩어리 뚱뚱한 돼지에게 뱀의 독은 별것도 아니었으니까.

앵무새 학교

조회 시간이었다. 새장을 뒤집어쓴 앵무새 학생들이 운동장에 줄을 맞춰 모여 있었다. 단상에 대머리 앵무새 교장이 올라와서 엄숙하게 말씀하셨다.

"오늘 할 말은 어제 한 말과 같다. 알겠는가. 이상이다."

그러고는 앵무새 학생들의 인사를 받고 단상에서 내려갔다.

단상에는 교장이 싼 똥이 있었다.

게들의 식탁

식탁에 닭 한 마리가 놓여 있었다. 게들은 역시 게걸스러웠다. 큰 집게발을 들어 어기적거리면서 시끄럽게 떠들어댔다.

"여보, 날개는 먹지 마세요. 바람난대요."

"늙은 닭인가. 껍질이 꽤 질긴데."

"얘들아, 닭발도 먹어봐."

"엄마, 닭똥집을 그냥 먹어도 돼?"

"닭 모가지를 먹으면 노래를 잘 한다더라."

"염통이 없네, 염통이 없어."

"아빠, 모래가 씹혀."

"쓸개는 쓸개에 좋단다."

"볏이 맨드라미 같네. 이건 내가 먹어야지."

몸이 뜯길 때마다 꼬꼬댁! 꼬꼭! 소리치며 푸득거리던 닭이 마침내 조용해졌다. 게들은 하품을 한다. 식탁에는 닭

털과 뼈와 빈 접시들이 남는다. 식곤증이 밀려온다.

구름을 먹는 기린

사시사철 구름 자욱한 물병좌(座)의 어느 별에 구름을 먹고 사는 기린이 있었다. 그 기린은 목이 얼마나 긴지 머리가 늘 구름 속에 있었고 벼락이 칠 때마다 푸른 톱날 같은 빛이 긴 목을 타고 내려오면서 번쩍거렸다.
목 짧은 기린의 무리가 목이 기다란 기린을 선지자(先知者)로 여기고 따라다니며 하늘의 일에 대해 물을 때마다 그 기린은 이렇게 대답했다.
"내 눈앞은 늘 뿌옇기만 한데 천상의 일을 꼬치꼬치 물어서 무엇하겠는가. 그대들은 그저 평화롭게 풀을 뜯으며 살아가라. 나는 하늘의 벌을 받은 기린일 따름이다. 주제넘게 하늘의 일을 넘보다가 먹어도 먹어도 배고픈 구름을 평생 먹는 형벌을 받은 것이다."

물뚱뚱이 왕

물을 내뿜지 않고 들이키기만 하던 물뚱뚱이 왕의 뱃가죽이 불어나서 늪 전체를 차지하게 되었을 때 진흙투성이 배가 수렁인지 수렁이 배인지 물뚱뚱이 왕 자신도 알 수가 없었다. 그래서 그걸 물어보려고 주위를 둘러보았지만 신하도 없었고 종도 없었고 새끼 물뚱뚱이 한 마리 없었다.

"이제야 짐이 늪을 완전히 정복했도다."

만족감에 깊이 빠지기도 전에 어디선가 목마른 사자들의 무리가 어슬렁거리며 다가왔다. 그들은 늪의 물을 혼자 다 마시고 몸이 무거워서 꼼짝 못하는 물뚱뚱이를 보고 물을 좀 내놓으라고 했다. 물뚱뚱이는 겁에 질려 물을 게워보려고 했으나 평생 들이키기만 한 버릇 때문에 물을 토할 수 없었다.

"그럼 네 뱃가죽을 찢는 수밖에 없지."

사자들은 물뚱뚱이 왕의 뱃가죽을 찢기 시작했다. 여기

저기서 물이 폭포처럼 터져 나왔다. 물뚱뚱이 왕은 울부짖고 있었다.
사자들이 커다란 가죽걸레 같은 물뚱뚱이 왕을 늪 밖으로 끌어내고 돌아간 뒤 늪은 누구의 것도 아닌 늪으로 되돌아왔다.

늪

황소개구리의 배를 가르자 소화되다 만 물뱀 두 마리가 나왔다. 생태학자들은 한국인이었다. 황소개구리가 파괴시키는 한국의 늪을 걱정했다.

"이제는 황소개구리를 잡아먹는 큰 물뱀을 수입해서 늪에 풀어놔야 할 것 같군요."

"저는 우선 동물들 이름부터 분명히 해야 한다고 생각합니다. 황소개구리는 미국산 아닙니까. 그러면 황소개구리라고 부를 것이 아니라 아메리카 들소개구리라고 불러야 하고 물뱀도 조선 물뱀이나 한국 물뱀이라고 불러야 후손들이 우리 물뱀이 우리 개구리를 잡아먹는 것인지, 외국 개구리가 우리 물뱀을 잡아먹는 것인지, 아니면 외국 물뱀이 외국 개구리를 우리 땅에 와서 잡아먹는 것인지 알 수 있을 겁니다. 그리고 동물도감도 해마다 새로 만들어야 합니다. 예전엔 물뱀이 개구리를 주식으로 삼았는데 이제는 개구리가 뱀을 먹지 않습니까. 앞으로는 한국의 늪이 세계화되면서 먹이사슬의 구조가 훨씬 더 복잡해질 겁니다. 멕시코 개구리, 중국 물뱀, 일본 개구리, 베트남 물뱀, 몽골 개구리, 프랑스 물뱀, 독일 개구리, 아프리카 물뱀 등등에다 태국 미꾸라지, 이스라엘 물벼룩, 스페인 거머리, 포르투갈 물방개, 러시아 피라미, 브라질 게아재비, 인도 붕어 등등이 합쳐지면 그야말로 한국의 늪은 다국적 늪이 되는 거죠. 그러니 우선 생태 연구를 위해서라도 분류를 잘 해야 하고 분류를 잘 하려면 이름을 제대로 붙여야 하는 겁니다."

말을 마치고 생태학자 두 사람은 한국의 늪을 물들이는 한국의 노을을 말없이 바라보면서 한국 담배를 뻑뻑 빨고 있었다.

질투

수족관 안에서의 일이다. 빼어나게 아름다운 천사어 한 마리를 질투하던 아홉 마리의 천사어들이 공모 끝에 아름다운 천사어의 지느러미와 비늘을 물어뜯고 갈기갈기 찢어서 걸레 조각이 흐느적거리는 꼴로 만들어 놓고는 즐거워하고 있었다.

제비와 제비꽃

제비가 제비꽃에게 말했다.

"참 예쁘구나. 네가 꽃 필 무렵이면 우리는 바다를 건너 날아온단다."

그러자 제비꽃이 제비에게 말했다.

"네가 날아오면 나는 꽃을 피워."

어느 기회주의자의 죽음

그는 평생을 기회주의자로 살았다. 이해득실로 얽힌 세상에서 손해보다는 이익을 취하면서 살다 보니 주위에 남은 사람이 아무도 없었다.

노년은 쓸쓸했다.
외로움을 달래주는 것은 사과 궤짝에 담아놓은 돈뿐이었다.

어느 날 그에게 죽음이 찾아왔다. 마지막 기회처럼.
그러나 아무리 생각해 봐도 이득이 될 게 떠오르지 않았다. 어쩐다? 궁리 끝에 그는 금으로 만든 관 속에서 죽기로 했다.

그는 금관 속에서 죽었다.
어느 날 금을 탐낸 도굴꾼들에 의해 그의 시체는 금관 밖으로 버려졌다. 그것이 굶주린 쥐들에겐 기회였다. 배가 터지도록 쥐들은 그의 살을 먹어댈 수 있었으니까.

암탉은 말한다

그 쥐새끼가 그렇게 교활한 줄은 미처 몰랐습니다. 지나친 호의를 경계했어야 했는데 그러지 못한 것이 유감일 따름입니다. 처음에 쥐는 내 아름다운 가슴을 한번 만져보고 싶다고 하더군요. 그러라고 했죠. 쥐수염 난 주둥이로 가슴을 문지르는데 기분이 참 묘했습니다. 그 다음에 쥐는 내 가슴털을 헤치고 가려운 데를 긁어주었답니다. 정말 시원했어요. 흙 목욕 따위와는 비교할 수 없을 정도였죠. 그 다음에 쥐가 나를 어떻게 했는지 아십니까. 가슴을 긁어주는 줄 알았는데 가슴살을 솔솔 쏠아 먹고 있었던 겁니다. 살뿐만 아니라 내장까지 쏠아 먹고 있었는데도 이상하게 나는 황홀했죠. 즐거운 밤이 지나 새벽에 눈을 떠보니 가슴은 뜯겨 있고 내장들이 흘러나와 흙투성이가 되었더군요. 창자를 질질 끌고 와서 이렇게 말씀을 드려 죄송합니다만 부디 자비를 베푸셔서 어리석고 불쌍한 나를 흙구덩이에 좀 묻어주세요.

빵가게 주인

자신이 만든 빵은 모두 제 것이라고 생각하는 빵가게 주인이 있었다. 그는 간판에도 자신의 이름을 내걸고 장사를 하고 있었는데, 케이크이든 빵이든 과자든 간에 어떻게 해서든지 물건 한구석에는 반드시 자신의 이름을 표시해 놓고 있었다.

"이 빵은 별로 맛이 없어."

눈치 없는 손님의 혼잣말조차 그는 자신이 별로 맛이 없는 존재라는 뜻으로 받아들였고

"이 빵 좀 상한 거 아니에요?"

하는 말을 자신이 부패한 게 아니냐는 질문으로 여기며 불쾌해했다.

나중에 빵가게 주인은 사람들이 돈을 내고 자신을 뜯어 먹으러 온다는 피해망상에 사로잡혔고 결국 빵집 문을 닫아버렸다.

“빵이 맛있다고 말해줄 걸.”
손님 하나가 닫힌 빵집을 보며 섭섭해했다.

할미꽃

봄날, 무덤 위에 고개를 푹 숙이고 있는 할미꽃에게 햇살이 물었다.

"할매, 할매는 왜 무덤만 보고 계십니까?"

할미꽃이 대답했다.

"무덤 속의 망자(亡者)가 봄이면 꽃을 보고 싶어 하는데 꽃들은 다 망자를 외면한 채 하늘을 보고 있다오. 그래서 내가 볼품없는 꽃이긴 하지만 누워 있는 망자가 나라도 쳐다보라고 이렇게 얼굴을 숙이고 있는 거랍니다."

천왕지팡이

장대높이뛰기 선수가 금메달로 한 벽을 채운 다음에 멀리뛰기 선수로 변모하였다. 그는 예선에서조차 탈락했다. 그러자 장대가 그 선수의 꿈에 나타나 말하였다.
"나는 천왕(天王)지팡이다. 그동안 너를 하늘 높이 올리면서 나는 네가 새의 기쁨을 맛보는 줄 알았다. 그런데 고작 멀리뛰기 모래판으로 가서 펄쩍 뛰다가 엉덩방아나 찧는단 말이냐. 슬프다. 이 개구리 같은 놈아."

고통과 광기

수북한 털 틈에서 피를 빨아먹는 벼룩들을 털어내도 털어내도 벼룩들이 갈수록 불어나 몸이 가려워 잠도 이룰 수 없는 지경이 되자 고통스러운 개는 쥐불을 놓은 논으로 미친 듯이 뛰어가 쥐불에 털을 태우기 시작했다. 불타는 개가 울부짖으며 불에 굽다 만 개처럼 까매져서 재를 흘리며 돌아오는 밤에 사람들은 보았다. 개의 눈알이 새파랗게 이글거리는 것을.

분열된 다올 씨

출근길 버스에서 다올 씨는 건너편 버스에 타고 있는 또 하나의 다올 씨를 보는 순간 혼란에 휩싸이고 말았다. 어떻게 하나인 내가 두 대의 버스에 타고 있는 일이 일어날 수 있단 말인가. 그는 자신의 눈을 의심하면서 다시 한 번 건너편 시내버스를 바라보았다. 그쪽의 다올 씨도 이쪽의 다올 씨를 보는 순간 적잖이 충격을 받았는지 안경을 썼다 벗었다 하면서 당황한 표정으로 버스 창밖을 내다보고 있었다.

잠시 신호대기로 서 있던 버스가 움직이기 시작하자 두 다올 씨는 조금이라도 더 서로를 확인해 보려는 듯 버스 뒤쪽에서 점점 멀어져 가는 상대의 얼굴을 바라보면서도 손을 흔들어 인사를 나누지 못하였다. 최초의 만남의 인사자 마지막 작별 인사였을 텐데 말이다.

두 겹의 꿈

다올 씨는 꿈속의 꿈속에서 가위눌리며, 이건 꿈이야, 꿈이 아니면 이럴 수가 없어, 그렇게 버둥거리다 꿈속의 꿈에서 겨우 깨어났는데 깨어난 그 자리도 꿈속이었다.

아! 꿈속에서 정말 죽을 뻔했네.

그렇게 생각한 다올 씨는 꿈속에서 잠시 안심하다가 이번에는 연기 나는 드럼통 속에 마네킹처럼 버려져 있는 자신을 발견하고는 이것도 혹 꿈속 일이 아닌가 하고 의심하게 되었다. 그는 버스를 타고 가면서 드럼통 속 마네킹처럼 버려진 자신의 두 다리에서 푸른 연기가 나는 것을 보았다.

저건 헛것일 거야, 이런 일은 일어날 수 없어.

그는 자신의 눈을 의심하면서 불안한 나머지 버스 지붕 위의 허공을 성큼성큼 걷기 시작했다. 그런데 이상한 일은 드럼통 속 다리와 마찬가지로 허공을 걷는 다리에서도 연기가 난다는 점이었다.

다리에 불이 났네. 이거 큰일났잖아. 꿈이 아니면 이런 일이 일어날 수 없어. 이건 꿈일 거야.

다리에서 연기가 점점 솟구치는 것을 보고 겁먹은 나머지 다올 씨는 소스라치며 꿈에서 깨어났다.
끔찍한 불행만이 그를 두 겹의 꿈에서 벗어나게 했던 것이다.

결박

당돌한 참새가 늙은 스님을 찾아뵙고 물었다.

"스님, 저도 해탈하고 싶습니다."

툇마루에서 볕을 쬐고 있던 스님이 그 말을 듣고 동자승에게 쥐덫을 가져오라고 했다.

"저 참새를 쥐덫에 묶어라."

쥐덫에 묶인 참새가 노스님에게 대들었다.

"아니, 해탈하고 싶다는데 왜 이러시는 겁니까."

스님이 말하였다.

"해탈하려면 결박이 필요하지. 쥐덫에 걸려 쥐 꼴이 되었으니 이제는 네가 해탈할 수 있겠구나."

오해

뜨거운 프라이팬에 메추리알을 떨어뜨리자 메추리가 한 마리 날아올라 공중에서 날개 치며 다올 씨에게 인사를 했다.

"껍질을 깨주셔서 고맙습니다."
그러고는 방향을 틀어 환기창을 통해 하늘로 날아갔다.

"어! 그게 아닌데."
자초지종을 말하려고 다올 씨는 메추리를 따라가려고 했다. 그러나 그럴 수가 없었다. 다올 씨는 날개가 없다.

열등감

황소개구리에 놀란 도롱뇽들이 바위 그늘에 모여서 깨알만 한 심장을 할딱이며 말했다.

“우리 조상님은 공룡이다.”

정원사

큰 전지가위를 들고 돌아다니는 게는 제멋대로 자라나는 나무들의 꼴을 보지 못하는 고약한 습성이 있다. 꽃봉오리도 싹둑 잘라보고 넓게 퍼지려는 잎사귀들도 오려보고 키 큰 나무에는 사다리를 놓고 올라가 가지치기를 하는, 게의 정원에는 단정한 나무들만 서 있다.

나무들이 유니폼을 입은 듯 정원에 깍듯하게 도열해 있다. 가위질의 힘은 그렇다.

슬픔

어느 볕 좋은 날 늙은 도마뱀은 자신이 살아온 길을 돌아보았다. 자절(自切)의 세월. 위기에 처할 때마다 살아남기 위해 그는 제 꼬리를 끊어버리고 울면서 달아나곤 했다. 그리고는 꼬리가 재생되기를 기다렸다가 다시 위기가 닥쳐오면 또 꼬리를 끊어버리고 도망치지 않았던가. 하지만 늙을수록 재생력도 떨어져서 새 꼬리가 돋는 데에는 퍽 오랜 시간이 걸렸다. 그리고 늙은 몸에 새순 같은 꼬리가 다시 자라는 것이 흉터의 부활처럼 비애롭게 느껴지기도 했다.

볕 좋은 날, 늙은 도마뱀은 모래밭에 배를 깔고 엎드린 채 물어뜯길 살점이라고는 한 점도 없는 환한 허공을 고개를 들어 쳐다보고 있었다.

처세술 강의

도마뱀이 뱀들의 초청을 받고 자절(自切)에 대한 강의를 했다.

"저는 붙잡히면 꼬리를 끊어버립니다. 그리고 도망치는 거죠. 여러분도 붙잡히면 꼬리를 끊어보세요. 아마 살아남을 수 있을 겁니다."

도마뱀의 강의를 들은 뱀들이 붙잡히면 도망갈 생각은 하지 않고 끊어지지 않는 꼬리를 끊어보려고 애쓰다가 모두 벌꿀오소리의 먹이가 되었다.

물 위에 쓰는 우화

글을 쓰고 싶을 땐 강가로 나가 흐르는 물 위에 손가락으로 글을 쓰던 다올 씨가 있었다. 그는 강가에서 혼자 슬퍼하기도 하고 웃기도 하였으나 우화집 한 권 내지 않았기 때문에 함께 웃은 독자도 없고 함께 눈물 흘린 독자도 없는 영원한 무명작가였다.

다올 씨가 죽고 나서 세상에 그의 기이한 행동이 조금씩 알려지면서 소문에 헛소문이 덧보태져 나중에는 많은 사람들이 다올 씨가 살던 마을을 찾게 되었다. 그가 손가락으로 글을 썼던 개야강은 관광지가 되었으며 작가의 집은 명소가 되었다. 주위에는 작은 호텔들과 음식점들이 들어섰고 기념품 가게들도 생겨났다.

관광 안내원들도 나타났다. 그들은 어찌된 일인지 앵무새들처럼 똑같은 말을 반복했다.

"이 개야강이 바로 다올 씨의 책입니다. 물의 책, 혹은 물의 우화집이라고 해도 좋겠지요. 글씨가 보이지는 않지만 이 흐르는 물에 숱한 우화들이 녹아 있습니다. 마을 사람들의 말에 의하면 다올 씨가 강으로 내려오면 낚시가 전혀 안 됐다고 합니다. 슬픈 우화를 쓸 때면 물고기들이 슬퍼하여 먹을 생각을 하지 않았고 우스운 우화를 쓸 때는 물고기들이 입을 벌리며 물 위로 튀어 올랐다는군요. 물고기들만이 그의 독자인 셈이었죠. 아름답지 않습니까. 전해 오는 이야기이긴 하지만 말입니다."

그림 목록(숫자는 그림이 있는 페이지)

눈사람 자살 사건

1판 1쇄 발행 2019년 3월 30일
1판 22쇄 발행 2024년 12월 15일

지은이 최승호
발행인 윤미소
발행처 (주)달아실출판사

책임편집 박제영
편집위원 김선순, 이나래
아트에디팅 박상순
법률자문 김용진, 이종진

주소 강원도 춘천시 춘천로 257, 2층
전화 033-241-7661
팩스 033-241-7662
이메일 dalasilmoongo@naver.com
출판등록 2016년 12월 30일 제494호

인쇄 (주)대우인쇄
주소 경기도 파주시 거문이길 37
전화 031-902-5818

ISBN 979-11-88710-34-8 03810